la courte échelle

Les éditions de la courte échelle inc.

Raymond Plante

Écrivain et scénariste, Raymond Plante écrit énormément, et surtout pour les jeunes. Auteur de plus d'une vingtaine de livres jeunesse, il a aussi participé à l'écriture de nombreuses émissions de télévision. Il a d'ailleurs été récompensé à plusieurs reprises pour ses oeuvres littéraires. Il a reçu, entre autres, le prix de l'ACELF 1988 pour *Le roi de rien*, publié dans la collection Roman Jeunesse. En 1986, on lui a remis le prix du Conseil des Arts et, en 1988, le prix des Livromaniaques pour *Le dernier des raisins*. Quant à son roman *L'étoile a pleuré rouge*, il lui a permis de remporter le prix 12/17 Brive/Montréal du livre pour adolescents 1994 et le prix du livre M. Christie en 1995.

Auteur prolifique et amoureux des mots, Raymond Plante enseigne la littérature et donne fréquemment des conférences et des ateliers d'écriture. *Attention, les murs ont des oreilles* est le huitième roman qu'il publie à la courte échelle.

Jules Prud'homme

Ses amis disent de Jules Prud'homme que c'est un homme charmant... rempli de contradictions. Il adore l'opéra, mais il est guitariste de blues, il boit trop de café même s'il le supporte mal, il caresse les chats et, pourtant il y est allergique. Bref, il adore toucher à tout et faire de nouvelles expériences. Dans son travail, c'est la même chose. Son activité oscille entre l'illustration et la direction artistique. Il fait aussi de la conception pour des films d'animation et réalise des génériques animés pour plusieurs chaînes de télévision pour enfants. *Attention, les murs ont des oreilles* est son sixième roman à la courte échelle.

Du même auteur, à la courte échelle

Collection Albums

Série Il était une fois...
Un monsieur nommé Piquet qui adorait les animaux

Collection Premier Roman
Véloville

Série Marilou Polaire
Les manigances de Marilou Polaire
Le grand rôle de Marilou Polaire
Le long nez de Marilou Polaire

Collection Roman Jeunesse
Le roi de rien
Caméra, cinéma, tralala

Collection Roman+
Élisa de noir et de feu

Raymond Plante

ATTENTION, LES MURS ONT DES OREILLES

Illustrations
de Jules Prud'homme

la courte échelle

Les éditions de la courte échelle inc.

Les éditions de la courte échelle inc.
5243, boul. Saint-Laurent
Montréal (Québec) H2T 1S4

Conception graphique:
Derome design inc.

Révision des textes:
Marie-Claude Barrière

Dépôt légal, 1er trimestre 1998
Bibliothèque nationale du Québec

La courte échelle est inscrite au programme de subvention globale du Conseil des Arts du Canada et bénéficie de l'appui de la SODEC.

Données de catalogage avant publication (Canada)

Plante, Raymond

    Attention, les murs ont des oreilles

    (Roman Jeunesse; RJ 72)

    ISBN: 2-89021-324-2

    I. Prud'homme, Jules. II. Titre. III. Collection.

PS8581.L33A87 1998   C843'.54   C97-941588-8
PS9581.L33A87 1998
PZ23.P52At 1998

À Rollande,
ma mère.

Chapitre I
Au feu! Les pompiers!

— Pourquoi cours-tu Julien? Il n'y a pas le feu!

Philippe Dubuc n'en revient pas. Tous les après-midi, c'est la même chose. En sortant de l'école, Julien s'éclipse au galop.

— J'ai hâte d'entendre la voix d'Einstein.

— Ton fichu perroquet! aboie Philippe. Quand je vais chez toi, j'ai envie de le plumer.

— Je ne sais pas qui lui a mis dans la tête de te traiter de gros, répond Julien.

— Ce n'est pas ma faute si je suis costaud.

En levant les yeux au ciel, Philippe reprend sa marotte: rien n'est sa faute. Julien Roy ne l'écoute plus, il se sauve au loin.

Lorsqu'il passe la porte, son grand plaisir est d'entendre l'oiseau vert lui lancer:

— Salut, mon ami!

Ce vendredi-là, en entrant chez lui, Julien tend l'oreille... mais il ne peut que se boucher le nez. Ça sent le brûlé.

Juché sur son perchoir, Einstein crie à pleins poumons:

— Au feu! Les pompiers!

Une fois de plus, Jean-Claude Roy a décidé de cuisiner. Dès qu'il touche une casserole, c'est la catastrophe.

— Au feu! Les pompiers!

Le père de Julien brandit un extincteur.

— Qu'est-ce que tu fais? demande Julien.

— Un soufflé au fromage et aux champignons, répond M. Roy, en aspergeant la cuisinière d'une épaisse couche de neige carbonique. Je venais de mettre le plat au four, le téléphone a sonné.

— Au feu! Les pompiers! hurle Einstein.

— Ton perroquet nous a encore sauvés d'un incendie. Le feu, ça va vite en ti-pépère! J'ai à peine parlé deux minutes.

Julien sourit. Deux minutes dans la bouche de son père, ça équivaut à une demi-heure en temps réel. Il n'y a qu'à voir le soufflé noir et raide. Un ballon de football dégonflé.

Le roi des vendeurs d'ordinateurs éponge ses dégâts.

— C'était un coup de fil important. Paul D. Gall, le PDG de la compagnie Orange...

— Qu'est-ce que ça veut dire PDG?

— Président-directeur général. Ça signifie qu'il est le numéro un de la compagnie. Il m'appelait de l'avion. Il arrive de Los Angeles dans une heure.

— Au feu! Les pompiers! s'entête Einstein.

Jean-Claude ne l'entend plus.

— Je dois me rendre à l'aéroport. Lundi, M. Gall donne une conférence de presse pour le lancement de son nouveau jeu vidéo. Il tient à ce que j'aille le chercher en personne. C'est extraordinaire, non?

Il enfile son veston à l'envers tellement il est énervé. Par chance, il s'en aperçoit avant de foncer à toute allure... comme si le feu était pris quelque part.

Chapitre II

Les murs
ont des oreilles

Le soufflé calciné et la mission urgente de son père forcent Julien à manger Chez Nicole. Il ne s'en plaint pas. Il aime le snack-bar de sa mère, la reine du hot dog. L'endroit fourmille de camionneurs, de chauffeurs de taxi ventrus et de passants ordinaires. Normal, elle fait les meilleurs hot dogs du monde.

Le garçon déniche une place près de la vitrine. À la table voisine, une petite vieille, très droite sous un chapeau en forme de cloche, sirote un café.

— Enfin, vous voilà! soupire-t-elle. Drôle de lieu pour un rendez-vous.

Elle s'adresse à un homme au menton carré et mal rasé. Un type tellement costaud que la chaise disparaît complètement sous lui quand il s'y installe.

— Chez moi, l'ascenseur est en panne. Je voulais vous éviter les escaliers.

L'eau à la bouche, il grommelle:

— Et je ne peux pas rater l'occasion de venir déguster les meilleurs hot dogs de la ville.

Cet homme n'a pas besoin de se vanter d'être un amateur de hot dogs. Il n'y a qu'à le voir se lécher les babines en déposant un plateau contenant une bonne douzaine de pains à la saucisse.

— Vous êtes certaine que vous n'en voulez pas? insiste-t-il.

— Non, merci.

L'air un peu pincé, la petite dame regarde autour d'elle.

— Je trouve l'endroit achalandé pour vous confier mon secret.

Si elle jetait un coup d'oeil au garçon de la table voisine, elle constaterait que les oreilles de Julien, le roi de rien, se mettent à bouger. Comment empêcher ce curieux de s'intéresser à une conversation aussi bizarre?

Quel secret peut partager ce drôle de couple?

Une minuscule dame qui tente de se dissimuler sous un chapeau cloche, ce n'est pas si rare. Mais quand elle discute avec un colosse à l'imperméable froissé, la casquette à carreaux enfoncée jusqu'aux oreilles, c'est déjà plus étonnant.

L'homme avale tout rond son premier hot dog.

— Un restaurant bondé, c'est idéal pour avoir la paix.

Ce type adore parler la bouche pleine. Il ajoute en faisant glisser la moitié d'un deuxième hot dog dans sa bouche:

— Bon. Soyons clairs. Si vous aviez un portrait, ça m'aiderait. Pour retracer quelqu'un, il vaut mieux savoir à quoi il ressemble.

La dame pose une coupure de journal sur la table.

— C'est sa photo et son nom.

Pour ne pas attirer l'attention, Julien bouge les yeux. Trop lentement. L'homme attrape déjà le papier dans sa grosse patte.

— Ah! il est célèbre!

— Évidemment. Et riche. Il descend au Ritz.

— Pas n'importe où, siffle le costaud.

Intrigué, Julien fixe intensément une frite. Il ne pense qu'à une chose: par quel moyen pourrait-il voir la photo?

— Tu es dans la lune, Julien Roy.

Le garçon sursaute. Devant lui se tient Ariane Potvin, ravie de l'avoir surpris.

— As-tu regardé *Les aventuriers d'Okasta*? caquette-t-elle d'une voix aiguë.

— Qui?

— À la télévision.

Sans plus attendre, Ariane raconte l'épisode de son téléroman favori.

Julien ne l'écoute pas. Il tente de saisir le fil de la conversation. Très compliqué. Les mots d'Ariane se mêlent à la rumeur du restaurant. Elle croque une frite, avale un hot dog, boit son orangeade et parle tout à la fois. Elle multiplie les péripéties. De la pure cacophonie!

Et, pendant ce temps, la petite dame explique des choses très importantes au matamore. Alors, discrètement, Julien met un doigt devant sa bouche.

— Qu'est-ce que tu fais? hurle Ariane, insultée. Tu ne m'écoutes pas?

Sans un mot, Julien se glisse sous la table. Là, il feint d'attacher un lacet de sa chaussure.

Ariane le rejoint.

— Les histoires d'amour, ça ne t'intéresse pas, toi, Julien Roy?

En prenant mille précautions, le garçon chuchote qu'il veut entendre la discussion des deux personnes d'à côté.

— Ils grenouillent quelque affaire.

Instantanément, Ariane change d'attitude. Elle a l'impression de devenir la vedette d'un épisode des *Aventuriers d'Okasta*.

— C'est vrai qu'ils ont l'air crapaud. On va les espionner.

Le visage grave, elle sort de sous la table.

Désespéré, Julien ne sait plus où se mettre. Écouter une conversation sans se faire remarquer, c'est difficile. À deux, c'est l'enfer. Surtout avec Ariane Potvin et ses regards complices.

L'homme, la bouche pleine, grogne:

— En fait, vous voulez que je l'enlève.

Les yeux d'Ariane s'arrondissent démesurément. On pourrait croire qu'ils veulent sauter à l'extérieur de ses grandes lunettes.

— C'est exactement ça. Amenez-le-moi en douceur. Il ne faudrait pas le brusquer.

— Je serai délicat comme un puceron, sourit le colosse.

S'il s'agissait d'une blague, elle tombe à plat. La petite vieille ne rit pas. Ariane non plus. Aussi sérieuse que si elle essayait d'apprendre par cœur une table de multiplication, elle se cache derrière son cornet de frites pour souffler à Julien:

— Ils complotent un enlèvement.

Quand la discrétion a été inventée, Ariane était fort occupée. Mais il y a pire.

— Quel secret êtes-vous en train de vous dire là?

Il ne manquait plus que Philippe Dubuc. Pareil à un général d'armée, il aboie:

— Je vous ai vus par la vitrine. Vous avez l'air mystérieux en diable.

Du coup, la petite dame se tait. Et l'homme, en serrant son hot dog si fort que la saucisse glisse doucement hors du pain, lui fait un sourire entendu.

— Comptez sur moi. Je vais lui mettre le grappin dessus.

Il mord dans son hot dog à pleines dents. La brave saucisse est alors éjectée et bondit par terre.

Aussitôt, Philippe Dubuc se penche et, faisant craquer le fond de sa culotte, saisit la pauvre saucisse.

Un peu confus, il la tend à l'homme au menton carré.

— Qu'est-ce que tu veux que je fasse avec ça?

— Vous l'avez perdue.

— Mêle-toi donc de tes saucisses, le gros!

Insulté, Philippe Dubuc se rassoit en

ruminant et en tenant le fond de sa culotte.

Julien est totalement désespéré.

— Vous avez vu, on croirait des bandits. L'homme surtout.

Philippe parle beaucoup trop fort. Ariane a beau le bâillonner, l'homme et la dame ont tout entendu.

— Allons ailleurs, conclut la petite vieille. Ici, les murs ont des oreilles.

Cloué sur son siège, Julien rougit des orteils aux... oreilles.

Chapitre III
Le cauchemar de Julien

À première vue, le PDG de la compagnie Orange semble trop jeune pour diriger une pareille entreprise. À trente-cinq ans, il n'a pas perdu ses taches de rousseur. Ses lunettes rondes lui donnent un air espiègle et il ne fume pas un énorme cigare. Il n'a pas non plus l'allure d'un inventeur échevelé, même s'il flotte un peu dans son complet rayé.

Paul D. Gall passerait inaperçu s'il ne se déplaçait pas entouré de son équipe. Avec lui: une secrétaire à talons hauts, deux conseillers techniques cravatés, une spécialiste de la mise en marché très *sexy* et un garde du corps japonais.

À l'aéroport, le père de Julien devrait le reconnaître du premier coup d'oeil. Mais Jean-Claude Roy, distrait, regarde dans la mauvaise direction. Celle des départs.

Par chance, il tient un petit carton orange pour être facilement repérable. M. Gall l'aperçoit le premier et s'écrie:

— Ah! le roi! Mon meilleur vendeur d'ordinateurs!

Sans hésiter, Paul D. le présente à sa troupe.

Jean-Claude n'en finit plus de serrer des mains. La main sèche de Nancy Pitt, la secrétaire... les mains molles des conseillers techniques, Bill Power et Bob Pillow... la menotte caressante de Jennifer Willis, la demoiselle *sexy*... et la paluche vigoureuse de Toyoto Mizogushi, le garde du corps.

En lui broyant les jointures, le Japonais lui apprend qu'il est un ancien lutteur de sumo. Une fois qu'il a récupéré sa main, Jean-Claude compte ses doigts, persuadé qu'il lui en manque six ou sept.

L'Américain passe familièrement le bras autour des épaules de son as vendeur. Le petit groupe les suit. Ils se dirigent vers le stationnement.

— Je suis très content que vous soyez venu me chercher.

— Tout le plaisir est pour moi, balbutie Jean-Claude. Si j'avais su que vous étiez aussi nombreux, j'aurais emprunté la camionnette de ma femme.

Le père de Julien jette un regard inquiet

derrière eux. Deux chariots lourdement chargés les suivent en chambranlant. À vue d'oeil, il dénombre au moins quarante-deux malles ou valises.

— Je me suis renseigné à votre sujet, poursuit l'homme d'affaires.

— Mon dossier de vendeur?

— Je le connaissais déjà. Il est excellent. Non, j'ai appris que vous étiez le père d'une famille extraordinaire. Chez vous, chacun est roi d'un domaine particulier. Nicole Chapleau, votre femme, est la reine du hot dog; Stéphane, votre fils aîné, le roi de la patinoire. Les revues populaires rapportent que Catherine, votre fille, est une reine de beauté. Et vous avez un autre enfant?

— Oui. Il s'appelle Julien.

— Et il est le roi de...?

— Le roi de rien.

— Merveilleux! s'exclame Paul D. Gall. C'est donc pour toutes ces raisons que je vous demande une faveur.

Jean-Claude n'a pas le temps d'ouvrir la bouche. M. Gall adopte une mine triste.

— La vie dans les grands hôtels, j'en ai par-dessus la tête. Vous seriez gentil de m'inviter chez vous.

— À la maison?

— Vous avez compris. Je veux loger dans une demeure familiale.

— Ce n'est pas possible, Paul. Nous avons réservé des chambres à l'hôtel, rouspète Nancy Pitt en claquant des talons.

La secrétaire doit continuellement se mêler des affaires de son patron. C'est son métier, quoi!

— Vous et l'équipe irez à l'hôtel.

— Et la préparation de la présentation? s'inquiètent Bill et Bob.

— Vous oubliez la conférence de presse, ajoute Jennifer Willis. Elle n'est pas au point.

Mais il en faudrait davantage pour que Paul D. Gall abandonne son projet.

— Justement. Je vais chercher une idée chez les Roy. Retrouvons-nous demain, dix heures, dans le hall de l'hôtel.

— Et moi, je sers à quoi? interroge le garde du corps.

— À transporter mes valises dans la voiture de M. Roy.

Se tournant vers Jean-Claude, le PDG précise:

— Bien entendu, je ne prendrai que mes bagages personnels.

Jean-Claude est soulagé. Malgré tout, le

lutteur de sumo attrape sept grosses valises et les entasse à l'arrière. Toyoto Mizogushi a l'habitude des poids lourds. La Toyota des Roy, elle, un peu moins.

L'auto démarre à peine que le patron des ordinateurs Orange semble déjà aux petits oiseaux.

— Merveilleux! C'est extraordinaire que je sois ici!

Quelques minutes plus tard, alors qu'ils roulent dans la ville, Paul D. Gall sourit. Il s'informe de tout:

— Comment s'appelle cet édifice? Quel est le nom de cette rue?

On dirait un enfant qui découvre un nouveau jouet.

— C'est merveilleux!

— Je suis flatté, avoue Jean-Claude. Et je me demande encore pourquoi vous venez présenter votre tout dernier jeu électronique ici.

— Parce que vous êtes notre meilleur vendeur.

Jean-Claude Roy devient rouge betterave.

— Mais il y a une autre raison, poursuit M. Gall. Une raison personnelle... et un peu secrète. Le parc La Fontaine, c'est loin?

«Vraiment, pense le père de Julien, Paul D. Gall n'est pas seulement merveilleux. Il est aussi mystérieux en ti-pépère.»

**

M. Gall n'a pas sitôt mis les pieds dans la cuisine qu'Einstein s'égosille:

— Bonsoir, M. Gall... ipette!

Jean-Claude se confond en excuses.

— Ce perroquet est merveilleux, sourit l'Américain.

Heureusement pour lui, les autres membres de la famille l'accueillent plus poliment. Paul D. Gall est ravi et fatigué.

— Vous allez dormir dans la chambre de Catherine, suggère Nicole. Notre fille est partie pour la semaine. Elle participe à des ateliers de jeux dramatiques dans les Laurentides. C'est un stage qu'elle a gagné à l'occasion d'un concours de beauté.

— Merveilleux! reprend M. Gall.

— Bonne nuit, M. Gall... ipette! marmonne Einstein.

Ce soir-là, Julien a du mal à trouver le sommeil. La conversation du restaurant le tourmente. Il est persuadé que l'homme au menton carré et la mystérieuse dame au chapeau cloche préparent un coup fumant.

Avant de quitter le snack-bar, il a fallu tout expliquer à Philippe Dubuc. Excité, ce dernier a proposé de suivre les deux complices. Une fois dans la rue, il était trop tard. Ils avaient disparu.

— Et si on avertissait la police?

— Viens-tu fou, Julien? a glapi Philippe. Il ne faut pas se fier aux apparences. Pas vrai, Ariane?

— Dans *Les aventuriers d'Okasta*, les méchants ont des têtes sympathiques et les bons, des gueules à coucher dehors.

«Ariane et Philippe ont peut-être raison, pense le garçon. Dans la vie, ça ressemble à quoi un vrai bandit?» Jusqu'à maintenant, Julien n'en a pas rencontré des tonnes.

Malgré tout, il revoit la scène. Il pourrait répéter tout ce que l'homme et la femme ont dit:

— Il est célèbre...

— ... Et riche...

— Je serai délicat comme un puceron...

Dans le noir, leurs voix se mêlent à celle de M. Gall qui ronronne dans la chambre voisine. Un véritable matou:

— Hummmm... génial... hummmmm... le lutin dit de ne pas l'attraper... hummmm...

le chevalier de fer brûle les doigts... Et paf! Et bing! Non, vous ne m'aurez pas! Hummmmmm... je sais où me cacher...

L'Américain doit inventer un nouveau jeu. Il trouve certainement ses idées géniales dans ses rêves. Ses ronronnements parviennent à Julien par les fissures du mur. Juste au-dessus de son lit.

«C'est parce que la maison travaille, répète fréquemment Jean-Claude. Au moins, elle n'est pas paresseuse, elle. Je réparerai tout ça bientôt.»

Mais M. Roy est si mauvais bricoleur...

Au bout d'un moment, le garçon s'endort, sans ronronner ni ronfler.

Aussitôt, une forme étrange sort des lézardes du mur. Elle vient se coller à lui, lui ébouriffer les cheveux. Qu'est-ce que c'est?

Julien se dresse sur son lit. C'est une oreille! Une oreille géante!

— Tu es trop curieux, lui souffle-t-elle en lui assenant de furieux coups sur la tête. Vas-tu te mettre ça dans le crâne? La curiosité est la reine des commères.

Julien se protège avec son oreiller.

Une autre oreille jaillit du mur. Elle hurle un ordre:

— Les curieux font mieux de se tenir le corps raide et les oreilles molles!

Puis les deux immenses oreilles claquent l'une contre l'autre.

Elles veulent l'écrabouiller entre elles. Julien court à perdre haleine. Et il n'avance pas. Ses jambes roulent inutilement.

— On va faire un bon sandwich au curieux!

Totalement absurde. D'autres oreilles bondissent hors des fissures. Elles claquent les unes contre les autres. De plus en plus fort. C'est étourdissant.

— Julien! Julien! Julien!

Le garçon ouvre les yeux. Penchée sur lui, Nicole caresse ses cheveux, trempés de sueur.

— Tu parles en dormant, mon gars.

— Ce n'est pas moi, c'est M. Gall.

— Je t'ai entendu. En plus, tu es tout mouillé.

— J'ai couru.

Julien regarde les lézardes. Se sont-elles agrandies?

— Des oreilles sortaient du mur et...

Il en oublie des morceaux. Les rêves paraissent mal tricotés quand on veut les raconter.

Nicole ne peut s'empêcher de bâiller un peu.

— Les cauchemars, on les met dans notre petite poche arrière et on s'assoit dessus. Comme ça, on finit par ne plus y penser.

Julien ferme les yeux. D'accord, les cauchemars, on les laisse derrière soi. Cependant, la conversation bizarre du restaurant reste là, bien ancrée dans sa mémoire.

Chapitre IV
Le colosse
à l'imperméable froissé

La rondelle touche le bâton de Stéphane Roy. Un courant électrique parcourt la foule. Le grand numéro 2 traverse la ligne bleue. Trois cents paires d'yeux suivent ses mouvements. Il plie les genoux, feinte vers la gauche et bifurque à droite. Déjoué, le défenseur adverse se demande si son réveille-matin a bien sonné ou s'il dort encore.

Les partisans n'osent pas bouger, les fesses sur le bout de leur siège.

L'autre défenseur quitte son poste. C'est un solide gaillard qui se dresse devant Stéphane. Il en faut davantage pour intimider le meilleur pointeur des Lions de Saint-Bertrand.

Vif comme l'éclair, il glisse la rondelle entre les patins du costaud, pirouette de côté et récupère le disque. Il le remet sur le bâton d'un coéquipier qui lance de toutes ses forces.

Le gardien exécute l'arrêt. La rondelle, incontrôlable, frétille à ses pieds. Le public retient son souffle.

Stéphane s'amène à toute allure et soulève le disque dans le haut du filet. La lumière rouge scintille. La foule se lève en bloc. L'ovation est si forte que le toit de l'édifice se soulève un peu.

Depuis que Stéphane Roy, le roi de la patinoire, mène Saint-Bertrand à la victoire, l'aréna est toujours bondée. Un jour, ce garçon connaîtra une carrière du tonnerre. En revenant au banc de son équipe, il fait un clin d'oeil à son frère.

Le visage chiffonné, Julien applaudit. Malgré sa nuit agitée, il ne raterait pas un match des Lions.

Ce matin, il est bien entouré. M. Gall, fasciné par la famille Roy, a tenu à accompagner Julien et ses amis au centre sportif.

— Merveilleux! s'excite-t-il, en distribuant des tapes d'encouragement sur les épaules d'Ariane, de Philippe et de Julien.

Soudain, le bip de son téléphone cellulaire retentit.

— Mon équipe! J'ai oublié le rendez-vous dans le hall de l'hôtel.

Il déplie son léger appareil.

***

Dans le hall de l'hôtel, il faut l'admettre, la secrétaire à talons hauts, les deux conseillers techniques cravatés et la spécialiste de la mise en marché s'impatientaient. Ils ont l'habitude d'attendre M. Gall. Il est parfois lunatique. Aujourd'hui, il dépasse les bornes. Voilà une heure qu'ils tournent en rond.

Le plus malheureux restait certainement Toyoto Mizogushi. Il avait une tête d'enterrement. Qu'arrive-t-il à un garde du corps quand l'homme qu'il doit protéger se balade tout seul?

— Qu'est-ce qui lui prend? se répétaient-ils les uns les autres.

— Il s'est fait attaquer, jurait le lutteur de sumo qui voit la vie en noir.

À bout de patience et d'inquiétude, Nancy Pitt a appelé.

— Paul, lui dit-elle, parce que Paul D. Gall n'aime pas qu'on l'appelle «patron», où êtes-vous?

Jennifer, Bill et Bob se regroupent autour d'elle. Le garde du corps tente de se frayer un chemin jusqu'au téléphone sans écraser personne.

Pendant une minute, ils n'entendent que la secrétaire qui émet des «Ah bon!... Ah bon!... Ah bon!» avant de refermer son appareil et de le replacer dans son sac.

— Qu'est-ce qu'il raconte? demandent-ils en chœur.

— Paul assiste à un match de hockey.

— Ah bon! font-ils à leur tour.

La secrétaire n'est pas contente du tout.

— Aller à un match de hockey! Est-ce raisonnable?

— Voir jouer des amateurs, ajoutent les conseillers techniques.

— À l'aréna de Saint-Bertrand, complète la spécialiste de la mise en marché. Ce n'est pas là qu'il va se rendre populaire. Il faut aller le retrouver?

— Non, réplique Nancy. Il cherche son idée.

— Quand je pense qu'il n'est jamais venu me voir lutter, pleurniche le garde du corps.

— Qu'est-ce qu'on fait en attendant? questionne Bob Pillow.

— Il suggère de vérifier les prototypes du jeu, conclut la femme à talons hauts. Ou de visiter la ville. Le Ritz est au centre de tout, ce sont ses propres paroles.

Cette conversation animée ne tombe pas dans l'oreille d'un sourd. S'ils regardaient autour d'eux, les employés de la compagnie Orange apercevraient un homme à l'imperméable froissé déguerpir à toute allure.

***

— Le Ritz!

En entendant le nom du grand hôtel, Julien, Ariane et Philippe sursautent. Une vraie bombe!

Stéphane marque son cinquième but. Ils n'applaudissent plus. Seul M. Gall s'intéresse encore à la partie.

Julien est tracassé. Et si c'était Paul D. Gall que l'on projetait d'enlever? La conférence de presse a déjà été annoncée dans tous les journaux depuis plusieurs jours.

Profitant d'un arrêt du jeu, le garçon demande, mine de rien:

— Vous ne craignez pas de vous faire enlever, M. Gall?

La question n'étonne pas le fondateur de la compagnie Orange.

— Jamais. Mon garde du corps me protège bien. Tu ne l'as pas vu. C'est un ancien champion de sumo.

«Champion de sumo, c'est beau, rumine Julien. Pour le moment, il n'est pas là. Et Philippe Dubuc a beau être dodu, il n'a pas la carrure d'un lutteur.»

Vers la fin de la troisième période, Philippe a un petit creux... et Ariane Potvin veut aller au petit coin.

— Nous en profiterons pour surveiller les lieux, siffle-t-elle à l'oreille de Julien qui reste seul auprès du PDG.

Lui, il est dans ses petits souliers.

Au comptoir du casse-croûte, Philippe n'a pas le loisir de commander quoi que ce soit. Une main vigoureuse lui secoue l'épaule. Il se retourne, prêt à défendre chèrement sa peau. C'est Ariane. Elle roule des yeux en direction de la porte. Les vedettes des *Aventuriers d'Okasta* ne feraient pas mieux.

— Lui! s'exclame le garçon.

L'homme au menton carré et mal rasé se tient près de l'entrée. La casquette enfoncée, il regarde autour de lui. Il attend que la partie finisse.

— Qu'est-ce qu'on fait? demande Ariane.

— Moi, il me coupe l'appétit, gémit Philippe.

— C'est la seule idée qui te vient?

— Ce n'est pas ma faute, je ne réfléchis pas à cent soixante kilomètres à l'heure, moi.

Ariane est plus vive. Derrière ses lunettes, quelques étincelles jaillissent.

— J'ai une idée.

Quelques minutes plus tard, le match se termine. Au moment où la foule s'apprête à partir, le colosse s'étonne. Une cinquantaine de *peewees* se ruent sur lui.

— C'est vrai que tu es un ancien joueur de hockey?

— C'est vrai que tu jouais avec les Flyers?

— C'est vrai que tu te bagarrais toujours?

Coincé, le costaud n'en finit plus de répondre aux questions.

— Non, non. Je n'ai jamais chaussé une paire de patins. Où avez-vous pêché ça?

D'autres questions pleuvent. Il regarde au-dessus de la marmaille.

Paul D. Gall quitte l'aréna avec ses jeunes amis. Ils montent dans la Toyota de Jean-Claude qui les attendait.

— On veut des autographes, monsieur.

— Comment t'appelles-tu, monsieur?

Son imperméable froissé est tiraillé de toutes parts. Un Gulliver au pays des Lilliputiens! S'il croyait intercepter le célèbre millionnaire, c'est raté.

***

Ce soir-là, les paupières lourdes, Julien se glisse dans son lit. Le sommeil a rapidement raison de lui. Un nouveau rêve l'assaille.

Les lézardes du mur de sa chambre s'agrandissent. Elles poussent de plus belle. Elles deviennent deux oreilles éléphantesques, puis deux énormes raquettes de ping-pong.

Et qui est la balle? Julien!

Ketac! Ketac! Ketac! Il rebondit partout.

Dans la foule, un lutteur de sumo encourage les immenses oreilles:

— Allez-y! Plus fort! Montrez-lui de quelle façon nous traitons le roi des curieux.

Ketac! Ketac!

— Julien! Julien! Tu fais un autre cauchemar, mon gars!

Le garçon ouvre les yeux. Sa mère est assise à ses côtés, les cheveux en désordre.

— J'ai encore parlé?

— Ce sont les ressorts de ton lit qui m'ont réveillée. Tu te croyais sur une trampoline? Tu sautais sans arrêt.

— Quand on est une balle de ping-pong, ça finit par donner mal au coeur.

Nicole sourit.

— Me croirais-tu si je te disais que j'ai été témoin d'un énorme complot? Un homme, une femme. Et tu sais ce qu'ils voulaient? Enlever M. Gall.

— Es-tu certain que ce n'est pas un autre cauchemar, Julien?

Le garçon hésite.

— Tu as raison, maman. Les cauchemars, il faut les mettre dans notre petite poche arrière...

— Et s'asseoir dessus.

Chapitre V
Le jeu des familles

Le dimanche matin, les Roy souhaite-raient faire la grasse matinée. Sauf Eins-tein! Quelle mouche l'a piqué, celui-là? À six heures, il décide de jouer au coq. Son premier cocorico a l'allure d'un réveille-matin. Le deuxième cloche un peu.

— Cocor... hic!

Oh! Ça y est! Une crise de hoquet! La bête noire des perroquets!

En traînant la savate, Julien apparaît à la cuisine. Il a la tête grosse comme une balle de ping-pong.

— Tu ne peux pas te taire! On dort.

Einstein hoquette de plus belle.

Toute la famille est bientôt assise autour de la table. Une vraie réunion de pyjamas fripés. Chacun cherche la solution au pro-blème.

— S'il me voit préparer le petit-déjeuner, il se calmera, estime Jean-Claude en quête de son tablier.

— Il faut qu'il avale de l'eau en lui bouchant le bec, propose Nicole.

— Hic! répond Einstein.

Julien suggère de lui faire une peur bleue. Einstein grimace une drôle de mimique.

— Hic!

Stéphane, en colère, s'apprête à attraper le perroquet et à lui plonger la tête dans le lavabo.

— Comme ça, il boira son eau et il aura peur du même coup.

Einstein réplique:

— Ce n'est pas fantast... hic!

— Tout ce que je souhaite, conclut Jean-Claude, c'est que ce foutu perroquet n'ait pas réveillé M. Gall.

C'est alors que l'oiseau s'écrie:

— Salut, M. Gall... hic!

En nouant sa robe de chambre, l'Américain marche à la manière d'un somnambule. Les cheveux hirsutes, il s'assoit au bout de la table. Il ne semble pas dans son assiette.

À propos d'assiette, Jean-Claude en pose une devant lui et se précipite vers la cuisinière pour faire cuire des oeufs.

C'est un matin où tout va de travers. Nicole retourne se coucher. Julien a les traits tirés. Stéphane s'imagine qu'il est blessé. Et le PDG s'est levé du mauvais pied.

— Hic!

Ah oui! Par-dessus le marché, Einstein a le hoquet.

Tout va tellement de travers que Jean-Claude réussit ses oeufs à la perfection. De beaux oeufs au miroir, chaque jaune ressemblant à un soleil bien rond. Bref, lui non plus n'est pas dans son état normal.

Entre les «hic» d'Einstein, M. Gall boit son café, avale ses oeufs et ses toasts. Puis, il nettoie ses lunettes.

— Vous avez mal dormi? demande Julien. Mal digéré? Un mal de tête? Ou vous êtes allergique au perroquet?

— Allerg... hic! proteste Einstein de son perchoir.

— Hic! lui réplique Paul D. Gall. Moi aussi, j'ai le hoquet. Ça arrive lorsque j'ai une idée géniale.

À la surprise générale, il sourit.

— Oui. Ça commence par de la mauvaise humeur, exactement comme si j'étais mal luné, et ça aboutit au hoquet. Et voilà, j'ai trouvé. C'est fantast... hic!

— Hic! reprend Einstein en écho.

L'homme ne l'entend plus. Survolté, il vogue dans une autre galaxie.

— Ce sera amusant! Merveilleux! Ma nouvelle invention s'inspire du jeu des familles. Toi, Julien, tu dois y jouer?

— Au jeu de cartes?

— C'est ça! explose M. Gall. Sur l'écran, ça devient une aventure extraordinaire. On se déplace aux quatre coins du monde. Le but du jeu est de réussir à rassembler les cinq autres membres de sa famille après les avoir identifiés. Mais, pour y arriver, chaque joueur doit relever des défis, résoudre des devinettes, déchiffrer des pistes, affronter des ennemis. Merveilleux, n'est-ce pas?

Paul D. Gall parle si vite qu'il en oublie son hoquet. Ce n'est pas le cas d'Einstein, mais plus personne ne se préoccupe de ses «hic».

— Tout le monde peut jouer à ce jeu: les jeunes, les vieux. N'importe qui. Je cherchais une idée originale pour le présenter à la presse, demain. Et j'ai trouvé. Je veux que toi, Julien, tu participes à la conférence en jouant avec ton père et ton frère. Vous êtes des rois, non?

L'inventeur sourit.

— Je vois cela d'ici! Le roi des vendeurs d'ordinateurs qui affronte ses deux fils: le roi de la patinoire et...

— Le roi de rien, souligne Julien, en secouant la tête d'un air désolé. Il y a cependant un problème royal. Demain matin, nous avons un examen de mathématiques.

— Un examen de mathématiques!

Le projet de Paul D. Gall échouerait-il pour si peu? Il bondit sur ses pieds. D'un grand geste, il balaie involontairement le perchoir d'Einstein. L'oiseau se juche sur sa tête.

— Je veux rencontrer ton professeur aujourd'hui même, propose le PDG, qui ne se rend pas compte du comique de la situation. Toute ta classe doit être là. Pour une fois, vous participerez à une activité plus intéressante que les mathématiques.

— À bas les mathémat... hic! hurle Einstein qui n'aime pas qu'on l'oublie trop longtemps.

***

Cet après-midi-là, Julien amène l'inventeur au domicile de son enseignante. En marchant, le garçon aurait envie de lui confier un tas de choses. Par exemple, il pourrait l'avertir qu'il court un danger. Mais le croirait-il? L'Américain va si vite que ses souliers n'effleurent pas le trottoir.

Julien ajouterait également que Carole Létourneau a la plus belle voix qu'il connaisse. Chaque fois qu'il l'entend, il se met à imaginer des musiques douces et des îles de soleil comme... Hawaï.

L'homme d'affaires est trop occupé. Son téléphone cellulaire à l'oreille, il est en pleine conférence.

Quelques minutes plus tard, en présence de l'enseignante, il devient très convaincant. Julien les écoute. Il aime que Carole lui réponde. Lunatique, il se laisse bercer. Dans sa tête, il est en maillot de bain. Il dévore une BD, étendu sur une serviette de plage.

— Je comprends, assure l'enseignante. Le problème peut certainement s'arranger. J'appelle le directeur, ce soir.

— J'en serais ravi, s'exclame le PDG. Ici, tout le monde est d'une gentillesse exceptionnelle. On croirait une immense famille. C'est merveilleux!

«Tu n'as pas rencontré l'homme au menton carré et sa vieille complice», pense Julien. Mais il retient sa langue. Il ne tient pas à ce que le sourire de M. Gall se brise en mille miettes.

— C'est important, la famille, pour vous? questionne Carole.

— Très, admet Paul D. avec un soupçon de tristesse. Peut-être parce que je n'en ai jamais eu.

Une fois dehors, M. Gall est heureux.

— Tu as de la chance, Julien, d'avoir une enseignante aussi... As-tu remarqué? Sa voix fait imaginer des musiques douces et des îles de soleil comme... Hawaï.

Le rêveur sourit mollement. Tous deux

sont sous le charme. Ils flottent un peu.

Hélas! la réalité revient au galop!

À peine deux coins de rue plus loin, des freins stridents les font sursauter. Une Plymouth jaune, largement tachetée de rouille, mord l'asphalte. Julien reconnaît la casquette du conducteur et son menton.

Encore lui!

— Le premier arrivé à la maison, lance Julien à son compagnon pour éviter de trop longues explications.

M. Gall adore les défis impromptus. Il se met aussitôt à courir de toutes ses forces. Il bifurque dans une rue à sens unique.

— Tu l'auras voulu, rigole-t-il. À l'université de Los Angeles, j'étais champion du cent mètres.

Par-dessus son épaule, Julien voit l'homme au menton carré sortir de sa voiture. Rageur, il donne un coup de poing sur le capot. Cabossée comme elle est, la Plymouth en a vu d'autres. Et la course à pied n'est pas le sport du bonhomme.

Chapitre VI
La conférence de presse

Les ordinateurs Orange sont réputés. À toute heure du jour et de la nuit, partout dans le monde, quelqu'un utilise un appareil ou un logiciel Orange.

Des journalistes tapent leurs textes sur un clavier Orange. Des scientifiques constituent d'astucieux tableaux grâce à un logiciel Orange. Des illustrateurs dessinent de toutes les couleurs sur un écran Orange. Des jeunes jouent à des jeux Orange. Des milliers de messages sont diffusés sur Internet à l'aide des communications Orange.

Les banderoles suspendues au plafond, les affiches tapissant les murs rappellent ce message: «La planète est Orange.» Et, sur un fond de ciel piqué d'étoiles, la Terre ressemble à une orange.

Il n'est pas étonnant que le chic Salon bleu du Ritz ait l'air d'une assemblée des Nations Unies. Toutes les nationalités s'entrecroisent, différentes langues se chevauchent. Une véritable cacophonie s'est installée.

Il y a la télévision, les journalistes de la radio, de la presse écrite, des représentants de la compagnie, des vendeurs, des chercheurs en électronique, des curieux affichant un carton d'invitation... et, bien sûr, la classe de Carole Létourneau.

Bref, des femmes, des hommes et des enfants, des petits... des gros, des moyens, des grands... des Rouges, des Jaunes, des Noirs, des Blancs... Ça bourdonne et c'est énervant.

Surtout pour Julien. D'abord parce qu'il a fait un autre mauvais rêve. Dans celui-ci, les oreilles du mur de sa chambre tentaient d'avaler M. Gall. L'Américain se débattait furieusement. Le garçon voulait le tirer de là. Chaque fois qu'il attrapait une jambe de l'inventeur, l'homme au menton carré et mal rasé lui faisait lâcher prise.

Essayez donc de mettre un cauchemar pareil dans votre poche arrière et de vous asseoir dessus. Lui, Julien, il ne peut plus.

Et ce n'est pas tout. Il a le trac. L'idée de monter sur l'estrade, en compagnie de son père et de son frère, le dérange. Il aime jouer, s'amuser, pas se donner en spectacle devant un public.

— Moi aussi, ça m'énerve, lui confie Stéphane pour l'encourager. Sans mes patins, je me sens tout nu.

La conférence débute dans cinq minutes et Julien s'ennuie de la maison et de la voix d'Einstein.

Ariane Potvin s'approche de lui. Pourquoi cet air de conspiratrice?

— As-tu vu? lui siffle-t-elle à l'oreille.

— Oui, il y a trop de monde.

— Non. Là-bas.

Julien cherche autour de lui. Il ne voit qu'une foule aux costumes disparates. Ariane l'entraîne dans le fond de la salle.

Il est là. L'homme au menton carré. Ce matin, il est rasé. Il ne porte pas sa casquette non plus. Ses cheveux taillés en brosse lui donnent l'air d'un dur à cuire. Comment a-t-il pu se procurer un carton d'invitation?

M. Gall entre dans la salle. Accompagné de sa secrétaire, de ses conseillers et de son garde du corps, il serre quelques mains.

— Qu'est-ce qu'on fait? murmure Ariane.

Le garçon est décidé.

— Je vais l'avertir du danger.

Julien commence à se frayer un chemin parmi la foule lorsqu'un phénomène étrange se produit.

Le téléphone cellulaire de M. Gall émet son bip habituel. L'homme d'affaires prend la communication sur-le-champ. Soudain, son sourire tombe, sa figure s'allonge. Il se retire du petit groupe qui l'entoure, tourne les yeux vers le fond de la salle.

Julien suit son regard. Là-bas, l'homme au menton rasé tient également un téléphone cellulaire contre son oreille. D'un commun accord, les deux hommes replient leur appareil. Le colosse sort de la salle.

D'un geste, M. Gall signifie à son garde du corps de demeurer avec les autres. À son tour, il presse le pas vers la porte.

— Il se jette dans la gueule du loup! crie Ariane.

Les conversations sont si fortes que personne ne l'entend.

— Toi, avertis ses conseillers. Moi, je les suis.

Et Julien se précipite lui aussi vers la porte.

Il arrive à l'extérieur de la salle au moment où le malfaiteur murmure quelques phrases à M. Gall. Que lui dit-il?

Pourquoi l'Américain enlève-t-il ses lunettes? Écrase-t-il une larme? Et puis... pourquoi accompagne-t-il son ravisseur? Tout cela n'a aucun sens.

Les deux hommes empruntent le grand escalier. S'il retourne à l'intérieur, Julien risque de les perdre de vue. Sans hésiter, il se lance à leur poursuite.

Il est dix heures.

Dans le Salon bleu, les journalistes s'impatientent un peu. Nancy Pitt, la secrétaire à talons hauts, cherche son patron.

— Où Paul est-il passé?

Les autres haussent les épaules, regardent autour d'eux. Ariane Potvin les bouscule et se dresse au centre de leur caucus.

— M. Gall s'est fait enlever.

— Qu'est-ce que tu racontes? questionne Jean-Claude en s'approchant.

— La vérité. Il est sorti et...

— J'y vais, grogne le lutteur de sumo.

Malgré sa carrure, le Japonais se glisse dans la foule avec une agilité surprenante.

— Julien l'a suivi, continue Ariane.

À son tour, Jean-Claude veut gagner la porte. Jennifer Willis le retient.

— Attendez, monsieur Roy. S'il y a un problème, Toyoto s'en occupera.

Dans le petit groupe, la panique gronde.

— Il faut appeler la police, glapit la secrétaire.

— Un instant, consultons-nous, dit Bill Power qui n'oublie jamais sa fonction de conseiller.

— Il s'agit peut-être d'un coup préparé secrètement par M. Gall, poursuit Bob Pillow. Vous le savez, Paul est tellement cachottier.

— Si c'est un véritable enlèvement, ça fera toute une bombe publicitaire! ajoute Jennifer en battant des paupières.

Décidément, cette équipe est bien rodée. Quoi qu'il advienne, personne n'oublie son métier.

— Il va réapparaître d'un moment à l'autre.

— C'est le roi des surprises.

Mais, contre toute attente, c'est le Japonais qui revient.

— Il n'est pas à l'extérieur de la salle ni dans les toilettes, tonne-t-il.

— Les journalistes grognent, ajoute la secrétaire. Il faut commencer. Paul dirait: «*The show must go on!*»

Ariane ne comprend rien. La conversation l'étourdit. D'autant plus qu'elle se déroule en anglais.

— Qu'est-ce que ça veut dire: «*The show...*»?

— Le spectacle doit continuer, l'informe Jean-Claude qui n'est pas du tout certain de croire en cette grande vérité.

— Et s'il y a une demande de rançon?

Ariane a de la suite dans les idées.

Nancy Pitt également.

— Alors nous saurons à quoi nous en tenir.

— Qu'est-ce que je fais, moi? questionne le garde du corps.

Le père de Julien hoche la tête.

— Ça parle au ti-pépère!

Lui aussi, il a une grave décision à prendre. Devant un tel dilemme, il éprouve une envie folle de s'arracher les cheveux. Il en secoue quelques-uns qui tremblotent sur son crâne dégarni.

Et puis, il convient que, si Julien est en compagnie de M. Gall, les choses peuvent s'arranger. Tous les deux ont plus d'un tour dans leur sac. Et peut-être préparent-ils justement une surprise, qui sait?

Jean-Claude se calme donc un peu. Après avoir replacé ses trois poils frileux, il réplique au lutteur:

— Au lieu de vous tourner les pouces, remplacez-moi devant l'appareil. Et moi, je présenterai le jeu, comme devait le faire M. Gall.

— Et qui va remplacer Julien? s'entête Ariane.

— Tu ne veux pas, toi?

Ariane fait non de la tête. Les jeux vidéo ne sont pas sa matière forte.

M. Roy pivote vers la classe.

— Philippe Dubuc, alors.

Chapitre VII
La poursuite au ralenti

Julien ne saisit pas la situation.

Normalement, les enlèvements ne se déroulent pas ainsi. Il y a un guet-apens. La victime tombe dans le piège. Le ravisseur utilise la violence. Souvent, il écrase un chiffon de chloroforme sur le nez de sa proie. Pire, il l'assomme.

Chose certaine, tout se passe très rapidement. Un enlèvement n'est jamais rigolo. Celui-ci ne comporte pas un gramme de brutalité. Pas de cris étouffés, pas de sang, pas de bosses. Rien.

M. Gall se laisse emmener sans résister. Son ravisseur descend le grand escalier de l'hôtel. L'Américain pourrait se sauver mille fois. Au contraire, il lui emboîte le pas. Mécaniquement.

Qu'est-ce que le colosse a bien pu révéler au PDG pour l'ébranler à ce point? Pas le temps de se creuser le ciboulot. L'important, c'est de suivre les deux hommes, de ne pas les perdre de vue.

Ils marchent diablement vite. Pourvu que M. Gall ne se mette pas à courir. Là, il ne serait plus rattrapable.

Dans le grand hall, Julien doit faire du slalom entre les voyageurs qui déposent leurs bagages n'importe comment. Et ils sont nombreux. Surtout un groupe d'Australiens, appareil photo au cou, qui parlent tous ensemble sous leurs larges chapeaux. Julien a la sensation d'avoir été projeté de l'autre côté du globe.

Le garçon se cogne à un parapluie, se prend les pieds dans un sac à dos en forme de kangourou, culbute sur une valise.

Où sont-ils? Il est trop petit dans la foule. Il monte sur une malle. Plus loin, les deux hommes empruntent la porte tournante.

Non, ils ne peuvent pas s'envoler. Julien fonce vers la sortie. Il pousse la porte à tambour avec tant de vigueur qu'elle fait deux ou trois rotations, emportant une femme chargée de paquets et son caniche dans le tourbillon.

Une fois dans la rue, Julien regarde de tous les côtés à la fois. Il a sept paires d'yeux. Là! La Plymouth cabossée! L'homme au menton carré s'installe au volant.

M. Gall monte à la place du passager.

Ils ne semblent absolument pas pressés. La voiture démarre en toussotant.

Que faire quand on n'a que deux jambes? Héler un taxi!

Le long du trottoir, une file de voitures n'attend que ça. Un gamin peut-il sauter dans une auto et dire: «Suivez cette bagnole qui crachote et fait de la fumée»?

Oui. Si le chauffeur bedonnant est un client assidu de Chez Nicole. Julien le reconnaît. Il s'appelle Claudio Baggio.

— Allons-y, *bambino*, dit-il en riant.

Il ne prononce jamais une phrase sans rire. Pour lui, parler, c'est comme faire des blagues.

— De te voir, *bambino*, ça m'ouvre l'appétit. Ha, ha, ha! J'ai envie d'un bon hot dog de ta *mamma*.

L'Italien n'a pas besoin d'écraser la pédale d'accélérateur à fond, de brûler les feux rouges et de se prendre pour un pilote de formule 1. À l'intersection suivante, il roule déjà contre le pare-chocs de la Plymouth brinquebalante.

— Qu'est-ce que je fais, *bambino*? Nous lui barrons la route ou je monte dans son coffre? Ha, ha, ha!

— Non, non, répond Julien. Suivez-le d'un peu plus loin.

— Oh! *Santa Luna!* Ce n'est pas une vraie poursuite.

Il a raison, cet homme. L'auto rouillée est si mal en point qu'elle pourrait causer un embouteillage.

— C'est une tortue! décrète Claudio.

Dix minutes et trois détours plus tard, la Plymouth stationne devant un édifice décrépit.

Le taxi se gare à une vingtaine de mètres de distance.

M. Gall et le colosse sortent du véhicule essoufflé.

En baissant sa glace, Julien entend le costaud expliquer:

— C'est au troisième. J'espère que vous êtes en forme, l'ascenseur est défectueux.

D'un vigoureux coup de pied, le géant pousse la porte et, très poli, laisse le millionnaire le précéder.

Claudio Baggio se tourne vers son jeune client en rigolant:

— Qu'est-ce qu'on fait de drôle, maintenant? Ha, ha, ha!

Justement, Julien se pose la même question. Il doit réfléchir rapidement.

— J'attends ici.

— Et moi? Tu me rends la liberté? J'ai faim.

Claudio rit encore.

Alors, en imaginant sa mère qui le croira disparu, son père en difficulté devant les journalistes à l'hôtel, Carole Létourneau qui le cherche sûrement, Julien convient qu'il vaut mieux n'inquiéter personne.

— Allez au snack-bar de ma mère et dites-lui où je me trouve.

— Bonne idée, réplique Claudio Baggio. Et j'en profiterai pour avaler un hot dog à la carbonara. Ha, ha, ha!

Une fois le taxi parti, Julien se sent un peu seul. En attendant d'avoir une idée miracle, il traverse la rue et se cache derrière la voiture jaune tachetée de rouille. Si Paul D. Gall et son compagnon ressortent, il compte se glisser sur le siège arrière. Les portes ne se verrouillent plus depuis longtemps.

***

Au Salon bleu du Ritz, Jean-Claude Roy est dans tous ses états. Mais il ne doit pas le montrer. Il arbore son sourire de grand vendeur. Qui peut mieux que lui convaincre les journalistes de l'extraordinaire qualité du nouveau jeu de la compagnie Orange?

Le seul problème, c'est que Julien ne participe pas à la démonstration.

D'autre part, Toyoto Mizogushi multiplie les fausses manoeuvres. Lui aussi, il est dans tous ses états. Il aimerait savoir pourquoi son patron a refusé qu'il l'accompagne. Ça n'a aucun sens, un garde du corps qui ne garde personne.

Le pire, c'est qu'il a beau être aussi large qu'une armoire ancienne, il n'est pas doué pour les petits boutons modernes. Ses doigts, qui ont chacun l'épaisseur d'une mitaine, écrasent les commandes.

Et Stéphane ne joue pas mieux. Il semble égaré dans son chandail de hockey. C'est connu, quand son frère disparaît, Stéphane Roy n'est plus que l'ombre de lui-même.

De son côté, Philippe Dubuc est en voie de gagner la partie.

Dans la salle, la secrétaire, les deux conseillers techniques et la spécialiste de la mise en marché se torturent les méninges. «L'excentrique Paul D. Gall est-il en train de dérailler?» se demandent-ils en rongeant leur frein.

Près de Carole Létourneau, les lunettes d'Ariane sont devenues de véritables radars. Elles n'arrêtent pas de chercher. Qui? Julien Roy, bon sang! Ah! s'il n'était pas le roi des curieux, aussi!

Chapitre VIII
Livraison spéciale

Claudio Baggio entre au snack-bar en se tâtant le ventre. Ah! il y a certainement là une place libre pour un merveilleux hot dog!

En enfourchant un tabouret du grand comptoir, il rit de plus belle.

— *Santa Luna!* souffle-t-il entre deux «ha, ha, ha!» Ton *bambino*, Nicole, il possède une imagination délirante.

— Tu l'as vu? questionne Nicole. Tu as assisté à la conférence de presse?

— Non, rigole le chauffeur de taxi ventru. Je viens de le conduire dans ma voiture. Ensemble, nous avons suivi une tortue... Ha, ha, ha! Je veux dire une vieille bagnole. Il m'a parlé d'un enlèvement... et il m'a demandé de pourchasser deux hommes qui ne se sauvaient même pas. Ha, ha, ha!

La mère de Julien sourcille un peu.

— Où est-il, maintenant?

— Je l'ai laissé sur les lieux du crime.

Ha, ha, ha! Ne fais pas cette tête-là, Nicolina! C'était devant une bâtisse presque désaffectée... rue Dupain... juste passé le coin Veilleux... *Santa Luna!* je n'en reviens pas!

Soudain, la tête de Nicole Chapleau fonctionne plus rapidement que n'importe quel ordinateur sophistiqué. Surtout que son coeur se met de la partie.

Les cauchemars de Julien lui reviennent en mémoire. Et si tout cela était vrai? S'il fallait qu'il ne se soit pas imaginé ce complot! Si...

Le chauffeur de taxi rigolo n'a pas le temps de terminer une petite salve de rire. Il n'a pas non plus le loisir de commander son hot dog à la carbonara. Nicole Chapleau s'est volatilisée. Seul, de l'autre côté du grand comptoir, son tablier reste suspendu en l'air quelques secondes avant de retomber mollement par terre.

En la voyant au volant de sa camionnette, le livreur en perd sa tuque.

— Va servir les clients, lui crie-t-elle en démarrant sur les chapeaux de roues. Si on me cherche, dis que...

Le reste de la phrase se fond dans le bruit.

Les rues Dupain et Veilleux sont à deux pas. La camionnette, dont le toit est surmonté d'un énorme hot dog lumineux, roule si vite qu'un policier soupire en la voyant passer:

— Pour moi, cette camionnette est sur Internet!

***

En apercevant sa mère, Julien n'est pas surpris. Il savait qu'il pouvait compter sur elle.

En deux mots, il explique à Nicole de quelle étrange manière M. Gall a été enlevé.

— Le bureau est au troisième.

Nicole Chapleau attrape une boîte pleine de hot dogs fumants.

— Allons-y!

— Pourquoi prends-tu ça?

— Une livraison spéciale! Si un concierge curieux nous questionne, c'est ce qu'on lui répondra. Livraison spéciale!

— S'il y a un concierge ici, ce doit être un squelette, réplique le garçon.

La porte a l'habitude d'être ouverte d'un coup de pied. Elle ne résiste pas.

À l'intérieur, ça sent le renfermé, le pipi de chat perdu et le petit canard à la patte cassée. Quelques toiles d'araignée poussiéreuses s'agitent paresseusement.

— Un décor de cauchemar, dit Nicole.

— Et on ne dort même pas, ajoute Julien.

L'homme au menton carré avait raison. L'ascenseur a rendu l'âme depuis des siècles. Nicole et Julien empruntent l'escalier. Chaque marche émet un craquement différent.

— Morbide! murmure la reine du hot dog.

Et elle monte toujours.

Julien la suit. L'escalier tiendra-t-il le coup? S'il s'écroulait, le garçon imagine qu'il pourrait s'accrocher à un morceau de tapisserie pendouillant.

L'édifice est inhabité. Au troisième, cependant, un bureau paraît occupé. Facile à deviner, c'est le seul appartement où il y a de la lumière. Sur la vitre givrée, il est écrit: «Les en...prises Dupassé, retrou...es fa...liales.»

Julien colle son oreille à la porte. M. Gall est-il là? Quelques vagues murmures lui parviennent.

Boum! Boum!

Il sursaute. Au-dessus de sa tête, sa mère vient de cogner contre la vitre.

— On n'a pas établi un plan, se plaint-il.

— Inutile.

À l'intérieur du bureau, le plancher craque. Des pas lourds s'approchent. Une silhouette facile à identifier se dessine en ombre chinoise sur la vitre.

— C'est lui, souffle Julien.

La porte résiste un bref instant. Puis elle s'ouvre toute grande.

L'homme écarquille les yeux. Il attendait quelqu'un d'autre. Éberlué, il fixe Nicole et sa boîte de livraison.

— Vous avez commandé des hot dogs? demande la mère de Julien en affichant un surprenant sourire.

— Moi? Jamais de la vie...

Mais le costaud n'arrive pas à terminer sa phrase. Pendant un long moment, il demeure paralysé, les mâchoires ouvertes. Il ne bâille pas. Non. Même que l'eau lui vient à la bouche. Peut-il résister à l'odeur d'un hot dog?

— J'adore vos hot dogs, murmure-t-il, quelques larmes perchées sur les cils.

Derrière la lourde carrure de ce gourmand, Julien voit apparaître M. Gall. Il est sain et sauf. Il les observe, aussi étonné que son ravisseur. Soudain, derrière ses petites lunettes, son regard se fige étrangement.

— Maman? bredouille-t-il.

«On l'a drogué», pense Julien.

— Ce n'est pas votre mère, répond-il. C'est la mienne.

Paul D. Gall n'écoute pas. Il balbutie quelques mots, les yeux rivés sur la petite dame au chapeau cloche qui se cramponne à l'épaule de Julien.

— Je déteste les ascenseurs en panne, gémit-elle en tentant de reprendre son souffle.

Elle est là, aussi frêle qu'une plume. Si légère que les escaliers n'ont pas osé craquer sur son passage.

Chapitre IX
La fin magique
des «hic!»

Depuis combien d'années ces murs délabrés n'ont-ils pas entendu autant de voix différentes en même temps? Ça doit faire belle lurette.

— Je m'appelle Phil Dupassé, dit l'homme au menton carré. Oui, Phil Dupassé, spécialiste en retrouvailles familiales. Nous allons tout vous expliquer. Ne restez pas sur le seuil de la porte. Entrez dans mon bureau, c'est plus chaleureux.

Il est étonnamment gentil, plein de manières délicates. Au moment où Nicole Chapleau passe devant lui, il prend la peine d'ajouter:

— Laissez-moi porter votre boîte. J'ai peur que ces merveilleux hot dogs ne refroidissent.

— Il y en a pour tout le monde.

Elle n'a pas le temps de déballer ses spécialités. La petite vieille au chapeau cloche saute au cou de M. Gall.

— Mon fils, sanglote-t-elle.

L'Américain ne sait trop comment se comporter. Surtout quand elle se met à lui bécoter les oreilles. Chatouilleux, il rit un peu. Au bout de quelques secondes, il se dégage doucement.

— Il y a un hic, dit-il.

— Encore le hoquet? demande Julien. Une idée géniale?

— Qu'est-ce qui vous embête? ajoute M. Dupassé en mordant dans un hot dog.

— Je savais que j'étais né ici. Même si on m'avait dit qu'elle était décédée, je me doutais que ma mère vivait encore. J'ai l'instinct de l'inventeur! D'ailleurs, si je tenais à lancer mon jeu des familles dans cette ville, c'était pour connaître les Roy et pour rencontrer ma mère. Mais vous comprenez que je veux une preuve. Je n'ai aucun souvenir et...

La petite dame ne perd pas une seconde. Elle tend la photo d'un bébé tout nu à la ronde.

— La voilà, la preuve, petit chenapan! C'est toi! Mon Paulo!

Sans vouloir la décevoir, M. Gall demeure réticent.

— Tous les bébés se ressemblent.

— Regarde, insiste-t-elle. Tu as une petite tache en forme de coeur sur la fesse droite. Si je te changeais de couche, maintenant, je te la montrerais.

Paul D. Gall pose instantanément une main sur sa fesse.

— Merveilleux! murmure-t-il.

Ses yeux s'embuent et, des sanglots dans la voix, il s'écrie:

— Maman!

À son tour, il se met à bécoter la dame dont le chapeau cloche devient tout de travers.

Phil Dupassé se mouche bruyamment.

— C'est le moment le plus émouvant, hoquette-t-il. Les retrouvailles.

— Vous ne l'avez pas enlevé? questionne Julien.

— Ai-je l'air d'un malfaiteur? s'inquiète le colosse.

Julien et Nicole font oui de la tête.

— Vous vous trompez. Mon métier, c'est d'aider les enfants abandonnés à retrouver leur famille. Profession qui exige la plus grande douceur. Surtout dans ce cas-ci. Mme Daniel... Parce que c'est le nom de madame. Vous aurez compris que dans Paul D., le *D* est l'initiale de Daniel.

L'homme s'exprime avec un aplomb et un sérieux indiscutables. Un conférencier ne ferait pas mieux.

— Eh bien, ma cliente désirait que j'apprenne la nouvelle très délicatement à son fils. Elle craignait qu'il ne soit troublé. C'est un grand sensible, vous savez. Un artiste, un inventeur, doublé d'un homme d'affaires averti.

Paul D. Gall est fou de joie. Il tient absolument à ce que le monde entier sache qu'il a retrouvé sa mère.

— Maman, je t'emmène à la conférence de presse.

Dans la rue, en apercevant le hot dog lumineux, Phil Dupassé annonce que sa Plymouth a rendu l'âme.

— Et comment refuser de faire une balade sous une telle enseigne! admet-il.

À bord de la camionnette de Chez Nicole, la petite vieille explique:

— Il y a un peu plus de trente ans, j'étais une fameuse chanteuse. Je donnais mon spectacle sur les scènes des plus célèbres cabarets du monde. Éva Daniel, vous vous souvenez?

Julien n'a jamais entendu ce nom. À dix ans, on ne peut pas connaître tout le passé.

Paul D. semble aussi ignorant. Sa mère lui mordille l'oreille.

— À ta naissance, nous voyagions beaucoup, ton père et moi. Malheureusement, au cours d'une tournée en Californie, nous avons été victimes d'un accident de la circulation. Ton père a perdu la vie et, moi, j'ai perdu la mémoire.

— La maladie de Mme Daniel a duré très longtemps, enchaîne Phil Dupassé. Et Paul a été confié à un oncle. Pour lui éviter des peines, quand il a été en âge de comprendre, on lui a dit que sa mère était décédée.

— Je n'étais qu'amnésique, se défend la petite dame. Il y a quelques semaines, en fouillant dans un vieil album de photos, la mémoire m'est revenue, petit à petit. Mais j'hésitais à me présenter en Californie en criant: «Coucou, c'est moi!» Par contre, quand j'ai vu dans le journal que tu venais ici...

— Mme Daniel a fait appel à mes services, ajoute M. Dupassé en gonflant son énorme poitrine. Pour la délicatesse.

Julien comprend enfin.

— Vous vous êtes rencontrés au restaurant de ma mère. Et moi...

Le garçon rougit.

— J'ai entendu presque toute votre conversation. Vous avez dit que les murs avaient des oreilles.

— À partir de là, tes petits copains et toi m'avez empêché de parler librement à Paul, gronde Phil Dupassé avant de sourire de toutes ses dents. Vous m'avez joliment mis des bâtons dans les roues.

Julien rougit encore, penche la tête.

— Maintenant, je sais une chose.

— Quoi? demande Nicole.

Julien sourit.

— Que papa doit drôlement s'inquiéter.

***

C'est vrai. Dans le Salon bleu, chaque fois qu'il pense à M. Gall et à son fils, Jean-Claude Roy s'inquiète. «Les ti-pépères! S'ils ont préparé une blague, juge-t-il, elle commence à être de mauvais goût!» Malgré cela, il sourit à tout le monde, parfait dans son rôle de présentateur.

Il est content que la démonstration du jeu des familles arrive à sa fin. Stéphane cafouille lamentablement.

Contre toute attente, Philippe Dubuc

s'approche d'une victoire déterminante.

Soudain, à l'arrière de la salle, la porte s'ouvre. Très doucement, un petit groupe pénètre sans bruit: Phil Dupassé, Nicole Chapleau, Éva Daniel, Julien et M. Gall. À la file indienne.

En voyant apparaître son patron, le lutteur de sumo brise sa manette, ce qui le met hors de combat. Il pousse le pire juron japonais qui, traduit en français, signifie: «Sainte Bébite!»

— J'ai gagné! jubile Philippe Dubuc.

D'un bond, M. Gall saute sur la scène. Il attrape le micro que Jean-Claude lui tend.

— C'est moi qui ai gagné. C'est merveilleux! J'ai retrouvé ma mère.

***

Plus tard, à l'arrivée de Paul D. Gall, de sa petite maman, de Phil Dupassé et de toute la famille, Einstein peut difficilement contenir sa joie. Il veut émettre son cri habituel. C'est un «hic!» retentissant qui sort de son bec.

— Enfin, un portemanteau, dit la vieille dame qui n'a pas recouvré la mémoire de tous les mots.

Sans hésiter, elle dépose son chapeau cloche sur le pauvre perroquet.

Aussi étonnant que tout cela paraisse, l'oiseau de Julien est instantanément guéri de son hoquet.

Table des matières

Achevé d'imprimer
sur les presses de Litho Acme inc.